구름의 건축술

황금알 시인선 291

# 구름의 건축술

초판발행일 | 2024년 6월 27일

지은이 | 노자은
펴낸곳 | 도서출판 황금알
펴낸이 | 金永馥
주간 | 김영탁
편집실장 | 조경숙
표지디자인 | 칼라박스
주소 | 03088 서울시 종로구 이화장2길 29-3, 104호(동숭동)
전화 | 02)2275-9171
팩스 | 02)2275-9172
이메일 | tibet21@hanmail.net
홈페이지 | http://goldegg21.com
출판등록 | 2003년 03월 26일(제300-2003-230호)

# 구름의 건축술

노자은 시집

황금알

| 시인의 말 |

어린 시절 좋아했던 구름이 틀을 벗어나 시 속에서 꽃도
되고 나무도 되고 돌도 되었습니다

어머니와 지낸 일상들이 많이 그립습니다

아직 부족한 점이 많지만 격려해 주시고 이끌어주신 시
선생님 한 분 한 분께

감사를 드립니다

옆에서 지켜봐 준 가족과 친지들께도 감사를 드립니다

하늘에서 기뻐해 주실 부모님께 첫 시집을 바칩니다

2024년 봄에

노자은 드립니다

# 차 례

## 1부 다행이다, 의자

## 2부 새들도 어제를 찾으러 날아갈까

## 3부  낮달이 떠 있는 방식

## 4부 슬픔을 불다

# 1부

다행이다, 의자

# 다행이다, 의자

당신은 '사랑해'라고 말하는 혀보다 낫다

당신의 오른손은 지팡이를 잡고 있다

북한산 둘레길을 끼고 있는 공원 길을 걷는다

당신에게 왼손을 잡아 달라고 한다

할 수 있는 것은 스스로 하라고 손을 잡아 주지 않는다

어쩌면 나는 변명을 하려고 혀를 준비하는 중인지 모른다

의자는 혀가 없어, 다행이다

# 맹그로브 숲

명찰을 달고 들어와야 하는 방입니다
색깔과 모양은 하나로 이루어져 있습니다
강사의 혀끝에서 방을 허물거나 색을 입혀서
먼저 존재하던 방의 공기는
새로운 공기로 갈아입었습니다
혀끝에서 녹아내리는
말의 부표를 떠돌던 희끄무레한 몽돌에
바다의 아가미를 꿰기 위한
엄지와 검지의 손놀림은
갯지렁이처럼 미끄럽거나
생각의 마디로 선명합니다
마디 사이로 보이는 날것이 꿈틀거립니다
셜록 홈스도 눈치채지 못한 절벽에서
파도가 철썩 일 때마다
붉은 마디가 떨리고 물컹거립니다
혀는 습기를 다 뱉어내고 허물만 남는 뱀처럼
문장을 삼키거나 문장을 뱉어냅니다
그때마다 눈금을 키워가는 슬픔
맹그로브 나무처럼 또 다른 항해에 나섭니다

# 말을 생각하는 방식

말은 우리 밖에 있을 때 살아있다.
말 우리에 있을 때 말은 자유롭지가 않다.

TV에서는 "LTV, DTI 규제 완화" 추진 이야기를 한다.
말에 붙들린 집에 관한 이해를 말하고 있다.

집 속에 들어있는 것은 말뿐이 아니다.
상자 속의 귤, 흙으로 만든 토끼, 비속의 우산도 틀을 벗어나지 않은 것이다.

끈으로 묶여 있는 상자를 깨울 때 오렌지는 잠에서 풀려난다.
토기장이가 빚고 있는 토끼의 입이 열 개의 손가락에서 분리되어 나올 때,
비 오는 거리에서 젖은 우산이 어깨를 접고
잠시 뼈대에서 빠져나와 스타벅스의 새가 되어 커피를 함께 마실 때
그것들은 비한정적이다.

저녁 무렵
왜가리는 날갯죽지를 이동하는 것이다.
해가 있는 방향에서 해가 지는 방향으로

흰 이빨만을 반짝이며
말라리아를 앓고 있는 아프리카 아이는
그늘의 말 우리에 살고 있다.

거친 숨소리, 기타처럼 뼈를 들어내고
호수에 빠진 말은
지금, 말 밖으로 나와야 한다.

말은 생물이니까

# 마밀라리아*

혀가 사라졌어요
밤이면 혀를 찾기 위해 사막을 걷고 또 걸어요
때로는 주문을 외우기도 해요

어디서부터 주문을 외워야 하는지
당신은 거울을 보고 연습을 해요
입을 크게 벌리고 갈급한 심정으로 애원하고 말해요
혀를 돌려 달라고

거울은 가시로 변해요
가시가 말하기 시작해요
주문을 더 외우라고, 아직도 멀었다고
가시 돋친 잎으로 말해요

당신은
천둥 번개 치는 밤에도 주문을 외워요,
이불을 뒤집어쓰고 주문을 온몸으로 말해요
마술을 풀어 달라고,

백조 한 마리 꽃 한 송이 입에 물고 와
당신에게 건네주지요,

거울아 이 세상에서 네가 제일 예뻐,
백조는 재빠르게 말하면서, 붉은 꽃잎
한 장 가슴 한편에 놓고 가요

당신이 서서히 말을 하기 시작하네요

당신은 생각과 마음의 이야기를 하게 되었어요
눈물도 얼굴 위로 또르르 흘러내렸고요
초록색 이파리도 더욱 잘 자라게 되었고요


* 마밀라리아: 멕시코 원산지 선인장

# 사이, 흐르다

1

유리병 속에 a가 들어있다 자신의 몸을 조금씩 버린다
a는 엄지손가락을 병에 대었을 때 차갑고 매끄럽게 흘려
내린다

그의 몸에 빨대를 꽂아서 먹었을 때 막히지 않아서 빨
대 속으로 녹아 있는 액체가 거부하지 않고 잘 올라온다
막히지 않은 사이에서는 스스로 경계가 없기 때문이다

유리병 속에는 a는 또 다른 a와 바로 옆에 닿아 경계
가 있기도 하고 없기도 하다 조금 더 자신을 버린 a와 아
직은 조금 내려놓은 a와 많은 생각의 차이가 있고 마음
의 거리가 있다

또 어떤 a는 흔적도 없이 변해서 고체가 액체가 되어
버려진 것처럼 원래의 속성에서 조금씩 멀어진다 속성
은 속성끼리 어울려야 하는데 딴은 속성에서 멀어져야
존재의 의미를 더 연장할 수 있다

2

얼음이 녹지 않고 병 속에 그대로 있다면 빨대로 빤 아이스아메리카노는 시원하지도 않고 커피는 쓰고 모리의 탁상에서는 얼음 깨는 소리로 시끄러운 하모니를 이룰 것이다

얼음이 아무리 시간이 흘러도 더 이상 녹지 않는다면 얼음 속에 얼굴을 파묻힌 나뭇잎이 마른 줄 모르고 촉촉한 잎이기를 당신은 갈망할지도 모른다

고양이의 발톱이 부드러워서 비 젖은 마음을 깨워 자음과 모음으로 랩을 비처럼 쏟아낼 것이다 또 고양이가 막고 있는 빛이 두려워 길을 구불구불하게 구부려 나뭇잎이 계곡 선화를 꿈꾸는 것이다

3

a가 꿈꾸는 것은 이외의 것과 같이 쉬고 생각하고 느껴서 한 무리가 되는 종족을 꿈꾸는 또 다른 a의 그림자인 것이다

이것과 저것의 구별이 안 될 때 나뭇잎과 나무, 닿아
있지만 또 구분되지 않는 것, 얼음과 컵처럼 방바닥에
놓여서 돌아가는 선풍기의 날개와 방바닥은 거실이라는
경계에 속하고

밤하늘의 상현달은 밤이라는 것과 달이 가는 경계에
놓여있다

5
유리병 속 얼음을 꺼내 상현달을 만드는 당신의 혀에
매달린 손가락이 연어가 되돌아온 강물을 흘러간다

# 목어

젖은 잎들 찢어지고 갈라져, 비늘처럼 붙어있다

금방 물방울을 그린 위에 푸른빛을 버린 것들을 그려 놓았다

그림 위를 오가는 사람들의 신발 밑창에 달라붙기도 하고,

때로는 젖은 몸으로

이미 빛깔을 버린 상태로 시간 속으로 걸어왔어도,

시절이 그리 멀리 왔나,

젖은 입으로 새를 불러도 소리 나지 않는

당신, 한쪽 귀퉁이만 남아

바람이 구멍 난 귀를 건드릴 때마다

가지 끝에 매달린 고요를 운행한다

# 혀

자음의 모양과
모음의 모양은 같아도
내가 내는 소리와
네가 내는 소리는 다르다

입을 빌려서 공기를 박차고
말을 뿜어낸다

가슴이란 터에서 나고 자란
나무의 나이테가 나무의 나이를 일러 주듯이

자음과 모음은 서로 웃고 슬프다

화살나무의 마른 잎처럼
거친 소리를 내는 혀는
새의 입을 빌린다

깨진 유리의 입처럼
뾰족한 소리를 내는 혀는

고양이의 입을 빌렸다

구름처럼 과녁을 벗어난 혀는
구름의 형식을 꿈꾼다

내 혀는 물고기처럼
지느러미를 파드득거린다
미늘을 찾아서 혹은 벗어나서

# 어떤 문장

복도는 조용하고 빛만이 복도를 밝히고 있다

딱, 딱, 하이힐의 발걸음 소리 적막을 깨운다

점점 더 소리가 다가온다

데시벨을 높이는 라디오의 주파수처럼

울음소리는 공간을 가득 메운다

공간은 쫓기는 자의 공포는 보지 않는다

뒤통수를 쫓아 달려드는 하이에나의 울음소리

등골이 오싹, 헉헉대며 달려야 하는 복도는 사바나의
벌판이 된다

앞발에 얼굴이 할퀴어지고, 등가죽이 벗겨지고

갈기갈기 심장이 물어 뜯긴다

심장이 터지고 찢긴 나는 내가 아니다

하이에나다

여기는 공포와 주검의 문장들이 가득한 푸른 초원

혀를 길게 늘어뜨린 채 비린 문장을 핥는다

# 사과를 깎으며

칼날이 지나간 자리마다
동그란 몸을 조금씩 벗는다
몸에나 있는
검고 작은 점들이 꽃처럼 보인다
꽃잎처럼 퍼져 있다

상처를 드러낸다

둥그런 우물
몸이 지나온 간극이
피고 진 꽃잎의 기울기로 흔들린다

그늘 사이로 보이는 뭉크의 절규

궤적을 그리며
나를 건너온 세월이
중력의 무게로 진다

꽃잎 지는 가지가 아려 온다

꽃잎 지는 계절이 뻐근하다

사이가 멀다

# 쉐도우

나는 오늘 너를 입는다
방에 혼자 남아 너의 세계와 정신만을 고집하는 음악
을 입는다
티브이와 영어와 미술만을 생각하는 멜로디를 입는다

너를 입기 위해
마음과 생각과 고민과 입장을 냉장 보관시킨다

입장은 장미의 입술에
생각은 로댕의 조각상에
고민은 별이 빛나는 밤에
마음은 뭉게구름 위에

이제 너를 입기 위해
네가 좋아하는 리듬을 듣기로 한다
즉흥적인 재즈를 틀어 놓고
서서히 편견 없이 너의 DNA를 받아드리려 해

나는 오늘 너를 옷걸이에 걸어 둔다

이따가 외출할 때는
잘 걸어둔 너를 입고 아파트 문을 열고 나선다

# 거울

바람이 중간 문을 잠가 버렸다

안과 밖으로 완전히 이분되었다.

문이 고장 나서 안에 있는 사람은 밖으로 나갈 수도 없다
쓰레기를 버리러 간 문밖에 있는 사람도 집 안으로 들어갈 수 없다

안에서 열어야 한다고 처음 생각이 내게 말한다
드라이버를 찾아서 툭 튕겨 나온 쇳덩이를 밀어 넣어 보라고
불안을 지나온 생각이 내게 말한다

말한 대로 해도 쇳덩이가 들어가 주지 않는다

나는 이것을 문밖의 나를 거울 밖의 나라고 생각해 본다

거울 밖의 나를 열기 위해서는

거울 안의 내가 문밖에서 손가락을 쥐었다 폈다 떨고
있는 나를

문을 열어 주어야 한다고


그래야 거울 속으로 내가 들어갈 수 있다고

# 격자무늬

왜가리 한 마리
물속에 긴 다리를 묻고 서 있다

고개를 수구려
한곳 물빛만 응시한다

물갈퀴를 빠져나가는
물의 문지방을 넘나드는 경계의 각을 허물고 있다

물갈퀴는 물에 물갈퀴를 내어 주고
물을 믿고
몸의 일부이자 전체인 다리를 꼿꼿이 세우고
힘들어하지 않고 서 있다

물갈퀴를 밟고 있는 물의 문지방을 넘으면
물의 방에 지금
바람이 군불을 지펴
방에 새겨지고 없어지는
물의 가슴에서 새어 나오는

울음무늬를
지웠다 썼다 한다

왜가리는 그림자를
물속에 그리움으로 남겨 놓는다

# 수국

수런거린다
말들의 잔치가 시작되었다.
지나가고 있다
풍경이 발걸음을 늦추며 가고 있다

걸어가는 길목은 국숫발처럼 길다.
베푸는 마당이 환하다.
잔치국수 한 그릇처럼 둥글다

그늘을 밀어 환해지며
둥긂을 향해 간다
둥글어지면서 충만을 향해서 간다

그늘에서 반짝이는 각을 만들고
각의 정신을 높여 둥글게 모서리를 지워간다
빛의 식탁이 도란거린다
공간이 주렁주렁 지나가고 있다

겨우내 입 닫고 귀 닫고 눈 감고 수행하던 말들

서서히 혀를 열고 문장들이 일어선다
시간이 입술을 열어 말들이 지나가고 있다

기차를 타고 온 지나온 풍경들처럼 말들의 갈기
바람을 밀고 그늘을 지나가고 있다

유모차를 밀어야 걷는 당신
얼마 있으면 떠나는 개나리 진달래 목련의
아무 말 잔치를 오카리나 입술처럼 귀를 열고 듣는다

어제의 고운 빛과 오늘의 빛깔이 다르다고
어제의 머리카락과 오늘의 흰 머리카락이 다른 당신이
꽃이 예쁘게 피었다 한다
당신은 수런거린다 그 말 너머에

# 봉황새 놀이

이 새는 생김새가 닭 같은데 오색무늬가 있으며 봉황이라 부른다 이 새의 머리 무늬는 덕德을, 날개 무늬는 의義를, 등 무늬는 인仁을, 배 무늬는 신信을 나타낸다 이 새는 먹이나 물을 찾으려 하지 않아도 항상 생기고 스스로 노래 부르고 춤을 춘다 이 새가 나타나면 천하가 평안해진다. — 산해경山海經

갈대를 구부린다
휘어질 때마다 되살아나는

끊어질 듯 휘청거림은
구름 속 너울거리는 봉황 같다

봉황은 말 속에 사는 새

한 번도 본 적 없는 봉황을 날려 보내는
내 입술은 진흙을 머금은 새

생각 속을 파 내려갈수록
당신에게 떠나보낸 새가 파닥파닥 되살아난다

갈대를 쥐었던 손바닥을 펴면
강 빛에 젖은 손가락 사이로 백 년의 그림자가 빠져나
간다

# 2부

새들도 어제를 찾으러 날아갈까

# 새들도 어제를 찾으러 날아갈까

새들도 어제를 찾으러 날아갈까
나는 모른다

새들은 내게 답한다
달력을 보라고

고속버스를 타고 와 답을 확인한다
죽어있는 어제를

나는 달력 앞에서 바다로 달려간다
어제를 찾으러

그러나
바다에서도 찾을 수 없다

어제는 하늘에 박제되어 있다

나는 얼마의 시간이 흐르고 다가오면
우주에 켜켜이 쌓이는 별을 찾겠다고

망원경을 밤하늘에 드리우는 과학자를
닮고 있는 것 같다

# 여여

꽃들이 피어있다
두껍게 껴입고 있던 공기의 옷을 다 벗어버리고
물방울 속 비늘처럼 공중에 발을 내밀었다

살기 위해 땅을 밟고
때로는 서열을 겨루느라고 짖어대는
강아지 목줄 너머로

꽃잎 날린다
저 꽃잎도 따라가면 서녘이 될 건가

서녘에 꽃물 지듯
고요 속으로 날개를 접는다

# 쉼박물관

죽음은 만장기를 앞세우고 걸어 나온다 봉산에서 한바
탕 축제를 벌였던 용과 호랑이 뱀들도 뒤따라와 가면놀
이를 한다 도깨비 가면을 쓰고 도깨비방망이를 흔들어
대며 집안을 구석구석 돌며 호령을 한다 그 소리에 놀란
사람들은 허리를 납작 엎드려 손을 싹싹 빈다 집안을 휘
젓고 돌아다니느라 시간 가는 줄 모르는 도깨비는 신이
나서 다리를 들고 한바탕 어깨를 들고 춤사위를 벌인다
시간이 엇박자로 쿵쿵 북소리 낸다 문지방도 마음도 엇
박자 장단에 덩실덩실 어깨춤을 춘다 초대받은 사람도
도깨비 형상을 하고 밤이면 정원을 걷는다 갇힌 시간 속
에 함께 발목이 잡힌다 어둠을 조각하는 그림자가 거무
스름한 삶을 낳는다 삶을 놓지 못한 죽음은 우리 곁에
머물다가 집 모퉁이 담 벼랑에 국화꽃으로 피어난다 북
악산 자락에 죽음과 삶이 공존하는 쉼박물관이 있다

# 이별

오후 3시 오십 분의
소나기는
3시와 네 시 사이를 지난다
한쪽 발은 하늘을 디디고
다른 한쪽 발은 땅을 딛고
지난다

소나기가 지날 때
비는 머리에 모자를 쓰지 않았기 때문에
온몸이 흠뻑 젖는다

젖은 몸으로 지나가다가
우산 쓴 사람을 운 좋게
만나기도 한다

비는 젖은 몸을
우산 속에서 말린다

머리카락을 지나고

목덜미를 지난
비는
등에서 체온을 뺏는다

왼쪽 어깨에서 또르르 흘러내려
비가
내 발목을 적신다

방금 4시를 빠져나간 비는
나뭇잎에 몸을 말리고 있는데
까치가 음을 높여 비를 전송한다

아직 보내야 할 시간이 멀었다고
젖은 하늘이 우르릉 우르릉
울음을 운다

# 사랑의 종족

가을이 오면, 갈대는 고개를 늘어뜨려서 사랑을 고백하고 사루비아는 고개를 치켜들어 사랑을 고백합니다

사랑을 고백하는 방법은 다르지만, 사랑을 가슴에 지니고 있다는 점에서는 같은 종족이라는 말입니다

붉은 꽃송이 주렁주렁 매달고 목 빼 들고 있는 사루비아, 하얀 맨살 바람에 쓸리며 찬 바닥에 발을 빠뜨리고 서 있는 갈대가 아니더라도

지상에서 꽃피는 모든 것을 사랑의 종족이라 명하고 싶습니다

마음이 끓아갈수록 울음이 깊어 갈수록 꽃대궁을 올리는 것이 사랑이기 때문입니다 말하자면, 사랑은 그리움을 먹고 사는 오래된 종족이라는 말입니다

# 흔들리며 떨며

장마가 지나간 뒤
중랑천에 나와 걷고 있다

물 가운데 작은 모래언덕에
풀들이 만든 작은 정원이 길게 뻗어 있다

진초록 풀들은 뿌리에 뿌리를 감고
태양 빛에 몸 닿아
작은 잎 큰 잎 의지한 채 그렇게
물그림자 바람에 흔들리며 떨며
엉키고 성긴 채 살아간다

모래언덕을 걸어 넘어가는
풀잎도
우리도
바람에 길 가는 것은
매한가지다

# 키움이란 말

키움이란 말은
플러스가 되기도 하고
때로는
마이너스가 될 수도 있다

빗방울이 되기 위해
구름이 키를 키우는 것
꽃을 피우기 위해
햇빛이 키를 키우는 것
사과가 되기 위해
그늘은 키를 키우는 것

사람은 익어가기 위해
나이를 먹는다
더욱 익어가기 위해서는
마음을 내려놓아야 하는 것이다

비가 와도 좋고 눈이 와도 좋고
상대방이 눈 흘겨도 좋은

사과가
익어야 빛이 아름답듯이
그냥 아름다울 수 있는 것

키움이 있어
나는 그냥 멀리서 바라볼 수 있는 것이다

# 풍경의 바깥

물고기가 사는 세계에는 수초가 있다
비늘을 반짝이며 헤엄쳐 다니는 세계에는
물비늘 같은 다리가 있다

나는 발을 잘라 버리고
물고기의 지느러미를 붙인다
지느러미를 단 물고기는
염통을 드러내고 숨 쉬는 장치로
아가미를 단다

한참이 지나도
아가미는 문은 열려고 하지 않는다

내가 알고 있는 비밀번호는
아가미가 아니기에
수초 사이로 선홍색 아가미를 뻐끔거리며
기억을 더듬는다

아가미를 들추자

섬모처럼 빗살무늬 길이 나 있다
조심스럽게 그 길을 따라
붉은 핏방울이 실핏줄을 드러낸다
드러나는 실핏줄 사이로
물방울이 흥건하다

바깥은 물고기가 사는 세계
사람이 된 물고기가 사는 세계

물방울을 걷어 낸다
비 오는 거리가 수족관이다

# 프레임에 갇힌 4월

4월의 시작은 눈 날리듯 소리 없이 온다
산수유 꽃잎 사이로 지난겨울의 흔적을 텅 빈 채 보인다
눈처럼 보인다
나비의 등에 묻어 있는 바람의 혀
동굴 속 종유석처럼 꽃가루의 비밀을
밀서처럼 간직하고 있다.


개나리 진달래 이미 낙화해 저곳으로 가고
세상엔 라일락 향기가
이곳에서 코끝을 간지럽힌다


향기를 감추고 말을 가린 검은 마스크
KF94 마스크를 한 당신의 얼굴이
반쪽으로 걸어 다닌다


소리 없이
불안한 마음 사이로 떠서 다닌다
보고도 믿을 수가 없다
봉쇄 원의 보랏빛 향기로 몸을 적신다

문처럼 울음을 삐걱거린다
꽃이 울음이 향기를 밀어낸다

# 산수유나무

산수유나무를 본다

봄이 왔다고 기지개를 켜고 심호흡을 크게 하고 있다

그럴 때마다 노란 꽃을 풍선처럼 터트리고 있다

지나가는 사람들을 보라고

펑 하는 소리 없이 낮 동안 터트리고 있다

소리 없는 진동 소리에 나도 지구도 희망으로 흔들린다

# 무화과, 살에 피다

발이 씨방이다
갈라진 틈 사이 밑씨가 보인다

터진 발꿈치가 쑤시고 아프다
벌어진 살이 깊어진다

살 사이로
꽃 한 송이 피어난다, 우주가 기우뚱한다

앞발로 디뎌야 하는 쑥덕거림이
기울기를 조정하기 때문이다

슬픔의 뿌리가 발을 들뜨게 한다

욱신욱신 쑤신다
말을 뱉어낸다

꽃말을 되새김질 한다

꽃잎 없이

# 장미의 인사

잘 먹었다고 해, 이
종결형 문장은 마음속에 꽃으로 핍니다

간소하지만 순간
가장 맛있는 밥을 먹는다

어간장
따끈한 흰쌀밥
김 한 접시

어떨 땐
잔가시 없는
생선 한 접시가 더 있다

엄마의 만찬이 된다

틀니가 있건만
잇몸이 헐거워져
아파서 낄 수가 없다고 하신다

오늘도 엄마는 인사를 전하신다

잘 먹었다고 해, 이

# 숟가락 거울

은수저의 뒷면에 비치는 내 모습은
생기가 없다
마음속의 걱정과 기분의 그림자가
그대로 나타나 보인다

책에서 본 것처럼
세상을 너무나 엄격하게 살지 말자
도덕적 범위 내에서
어떻게 하면 내가 더 만족하고
행복해할까

늘 추구하면서 살 일이다
웃으며 살자 스마일스
잇스 포미

웬만하면은
긍정적인 면을 보고 살자

아무리 남이 나를, 내 마음을 상하게 할지라도

거기에 너무 심각해지지 말자

나는 언제나 비어 있는 쪽에
잇츠 포미 하자

정말로

# 보약

봄이 오면

꽃소식 찾아오는 발소리가 돌담 타고 들어와
지붕으로 흩어집니다

70 먹은 할머니 꽃단장은
구례군 산수유나무 한그루에서 시작됩니다

천년 된 고목에 봄이 오면
꽃단장하고 정성 다해 제례를 드립니다

늦가을 풍성한 수확을 기원합니다

열매를 팔아 생계를 이어온 할머니는
산수유나무를 대학나무라고 부릅니다

성한 것 하나 없는 이빨로 씨를 발라내는 일은
할머니 평생의 가업입니다

할머니는 산수유 열매차를 보리차 마시듯 한다면서
보약이 따로 없다고 오늘도 말합니다

# 지구 반대편 여인

햇볕이 내리쬔다
너무 뜨거워 고개를 치켜들 수가 없다

암염을 캐는 호수의 삶을 사는 노동의 발은 갈라지고
찢기고
숟가락처럼 튀어나왔다

검은 먹물을 풀어놓은 것 같은 호수, 돌밭 소금물 밭
이다
발로 밟아서 발가락 감촉으로 덜 찢기면서 호수의 암
염을 캔다

지구 반대편 여인의 삶은 소금처럼 짜서 눈물이 말랐다

일일이 물을 퍼내서 그 물을 다시 헹군다
한쪽 호수의 물을 다른 쪽 호수의 물로 옮겨 담는 방법
으로
물을 헹구고 또 헹군다
계속해서 헹군다

오리발 갈퀴처럼 먹이를 찾는다
발의 감촉과 허리의 구부림만으로 햇빛을 말린다
소금을 캐낸다

# 울음은 살아 있다

처음 당신을 만날 수 있는 것은
생명 탄생의 소리다
엄마의 자궁에서
세상 밖으로 나올 때 우는 눈물
걸음마를 하고
한 발을 딛고
최초의 발대죽을 떼고
엄마가 박수 쳐 주면
눈물은 몸을 움직여
오라고 하는 방향으로 걸어가고
가다가 엉덩방아를 찧고
앙, 소리내기도 하면서
계속 가면서
눈물은 그렇게 커간다
유치원에도 가고
친구들과 잘 놀기도 하고
또 싸우기도 하면서
쑥쑥 자라
학교를 다 마치고

사랑을 알아 가면서
눈물은 쓰려서 울고
좋아서 울기도 한다
결혼하는 날
부모와 떨어지기가 아쉬워
자취를 감추기도 한다
몸이 아프거나
늙어서 병원 신세 질 때도
눈물은
속으로도 울고
겉으로도 운다
이 별을 이별 할 때는
다른 사람들이
당신을 대신해 울어 준다

# 중대리 475

여름이면 냇가에 가서 고동을 잡는다
냇가로 향하는 발걸음도 신이 나서
소쿠리 들고 가는 고무신의 무게도 가벼워진다

이끼 낀 돌멩이들도 미끄럽다
돌멩이에 딱 붙어있는 고동
떨어지기 싫어하는 의지가 맑은 물처럼 강하다

바위에 다닥다닥 붙어있는 원뿔형의 고동
손바닥을 동그랗게 안쪽으로 밀어 한 움큼씩 소쿠리에
담는다
머리를 수그린 채 팔을 물속으로 길게 뻗어 몇 알씩 잡
는다
잡으려는 생각이 잡히지 않으려는 생각보다 깊다

잡아 온 고동이 삶아진 채 양재기에 수북하게 담겨 있
다
왼손으로 고동을 비스듬히 세우고
오른손으로 탱자 가시를 살살 돌린다

끝까지 살살 달래서 고동살의 끝자락을
구멍 밖으로 끌어 올린다

느낌을 한군데로 모은 탱자 가시는
하늘빛 꿈을 손가락 끝의 감각으로 밀어낸다

한 달이 되면 까맣게 염색을 해야 하는
세월이 흐른 지금

고동을 볼 때는
소쿠리 들고 냇가에 고동 잡으러 간 날이

그림처럼 아득하다

지금은 집터만 남아 있는 475

# 빗방울 종

빗방울이 발목에 매달린다

발목을 움직일 때면 찰랑찰랑 종소리가 난다

마차를 몰고 가는 말의 목에 매단 종처럼

울음은 허공에 빗살무늬 그리며

물컹거리는 발목을 끌며 간다

질퍽거리는 시간을 걷고 또 걷는 나

울음이 슬픔의 형식을 입고 하늘을 몰고 간다

# 3부

낮달이 떠 있는 방식

# 낮달이 떠 있는 방식

4시 15분 하늘에
낮달이 시계처럼 떠 있다
파란 면에 둥그렇게 걸려있다
동그란 고리에 제 몸을 걸어 놓았다
허공의 벽면을 더듬어 본다
손끝을 따라간 벽면에는
손에 잡히는 것이 없다
나를 건너간 울음의 모래알만
흔적 없이 박혀있다
진달래 꽃잎이 하롱거린다
손가락 사이로 빠져나간
꽃잎이 희미하다
계절을 지고 가는
나비의 등이 포물선을 이루고 있다
걸음걸음 빠져나가는
시간의 물줄기만 있다
망막의 빛을 통과한
집게손가락 사이로
시침의 느긋함과 분침의 경쾌함

초침의 숨넘어감이 없다
분침도 시침도 없다
비어 있다
시침도 관계없고
분침도 관계없다
초침은 더더욱 관계없다
비어 있다
비어 있으니 마음만 간다
낮달은
땅을 뒤집어 모자처럼 쓰고 있다
땅을 뒤집어 놓았으니
벽이 없다
진달래 꽃잎이 하롱거린다
꿈에서 빠져나왔으니
벽이 없다
파란 하늘과의 관계만 있다

# 가뭄

산은 속내를 감추고 있다
아무도 그 속을 알 수 없다

저 산에는 비가 오는데 여기는 왜 비가 안 오냐,
할머니는 자꾸 따져 물으셨다

가뭄 끝에 할머니는 가슴도 고구마 줄기처럼
타들어 가셨다

새미는 말라서 물을 퍼 담으려면
엉덩이를 쳐들어야 했다
절을 하듯 팔을 길게 뻗어야 했다

계양산에 비들 때 할머니는 대청마루에서
께끼발을 하셨다

저 멀리 보이는
산의 이마와 어깨를 쓸어내리는
할머니 가슴 향해

먹구름 한 조각이
시원한 바람을 몰고 온다

# 게발선인장

걸을수록 발가락이 붉다
붉어지는 발가락 끝에서 꽃잎이 피고
가시 밟고 온 길이 붉게 늘어진다

가시를 뚫고 발가락 마디마디
또 가시가 핀다

걸어온 길에는 슬픔이 살아
뱀처럼 날름거린다
혀를 뚫고 나온 문장처럼 바닥에 쓸리고
오체투지로 살아온 생이
밀려 날린다

시간은 그림자의 길이를 재단하지 않는데
구멍 난 늑골이 자궁처럼 소리를 낳는다

뒤를 돌아보지 않는 당신

비워낸 슬픔이 깊어진다

젖은 슬픔의 이파리 사이로 작은 꽃송이들이
송송송 피어나고 있다

# 엉가*

바람은 있건만 날이 좀 덥네(이모)

응(엄마)

날이 좀 더버(이모)

응(엄마)

뭐 하는고 자네는 집이서(엄마)

내가(이모)

이제 더워서 좀 이따가 집에서 나가고 싶거만

그래 엉가 뭐 요새 식사나 잘하시는지요(이모)

응(엄마)

그래 밥이나 잘 잡숫고 그래?(이모)

응(엄마)

그래 엉가 이따 놀러 갈게

죄송하거만 놀러 가봐야 되는데 몬가서(이모)

응(엄마)

들어가세에

건강하시(이모)

엉가

들어가세(엄마)

바람 쐬러 나왔다가
이모에게서 전화가 왔다
엄마는 응가 싸신다고 한다
변비처럼
입속에서 응과 엉이 맴돌아 다닌다
응과 엉가 사이,
귀 어두운 엄마
귀 밝은 이모는 만나자 한다
말버릇을 잃는 삶이다

사이를 좁혔다 꺼내는 사이로 귀가 멀어진다
머언 귀는 바스락바스락 바스러진 나뭇잎에 걸려있다
떨어지는 나뭇잎에 걸린 채
이모는 오늘도 불통 중이다

* 엉가: 경상도에서는 언니를 부를 때 쓰는 뜻하는 단어

# 견우의 해석

빗방울이 발목에 매달린다
그리움이 움직일 때마다
소리가 보랏빛으로 자란다
슬픔의 혀에 생각이 물어 뜯긴다
울음을 빗살무늬처럼 그리며
발목을 끌며 간다
부어오른 발목을 끌며 간다
간다
이어지지 않는 시간을
걷고 또 걷는 나
슬픔의 형식을 찾아
하늘을 몰고 간다

# 구름 목욕

소변을 뉘고
탕에 들어가게 한다
넘어지면 안 되게 한
자세로
부끄러운 데를 씻게 한다
엉덩이 주위를 비누 묻은
장갑으로 씻긴다
머리를 감긴다
모시 잎 같은
입을 헹구게 한다

잎을 떨군
가을 나무에
비판덴을 바르고
메디프렌즈를 입힌다

# 계단에 대한 사고思考

오를 수 없는 계단이 있을까?

애벌레로 태어난 나비가
처음 발대죽을 띄는 곳은 허공이다
연꽃 위 또르르 구르는 이슬방울들
처음 구르는 곳이
허공이다
꽃송이 처음 피어나는 곳
가파른 바위가 구르는 곳도
허공이다
내가 한발을 디딜 때 사고 치는 곳도
허공이다

가을 길목에 있는 허공은
내 발끝에
슬리퍼를 신기거나 운동화 끈을 매어준다
아파트에 피어있는 분꽃에 물 주기도 한다
나도 따라
오르기도 하고 내려가기도 한다

얼마나 많은 바람이
은행나무 어깨를 타고 오르내렸을까

아버지가 돌아가신 날
별 하나 오르내리는 계단을
생각해본다

# 구름의 건축술

가을 하늘이 건축가의 자세로 있다
구름이 산 위에 터를 잡고 안주하려고 할 때는 나무들
의 높이를 배려한다
작은 파도가 밀려오듯이
구름이 물꽃송이로 숲을 감싸고 액자의 테두리처럼 배
경을 더해 준다
또 시간에 얽매이지 않고 구름이 공간을 넘어간다
구름이 아파트 위에 다다르면
수평선 멀리 보이는 큰 파도처럼 막힘없이 흐르고 흐
른다

나이가 많은 엄마에게 구름의 건축술을 가르친다
스케치북에다가 가로세로 줄을 치고
첫 줄에 가을, 밤, 귤, 대추를 써 주고
그 아랫줄 모두에는
그 윗줄에 있는 글을 따라서 쓰게 한다

색연필 색깔을 바꿔서 덮어쓰기를 권하는 엄마와 나
사이

구름을 술래잡기한다
손가락 길이만큼의 가을을 새가 건넌다

가을이 귤이 되고 밤이 되고 대추가 되는
글자 위에 포개지는 마음이
건축의 자재가 된다

# 그늘 한 평


ㄱ을 잃어버린 그녀
그늘 한 평에 보랏빛 향기를 피우고 있다

다른 색깔을 다 잃어버리고
보라를 온몸에 지닌 채

문을 열어도 보라
책상을 보아도 보라
침대를 보아도 보라

수건에 물을 묻혀
얼굴을 닦아도
보라 물이 흠뻑 젖어 든다
코를 풀어도
휴지에는 보라 물이 넘쳐난다

잃어버린 기억들이
그녀가 거처하는 방안 모든 곳에
보라색으로 꾹꾹 눌러

담아 놓았기 때문이다

창문을 열어서 하늘을 보면
파란 하늘이 보일 뿐인데

방문을 열고 들어서면
후드득후드득, 빗소리처럼
돌아다닌다

ㄱ을 잃어버린
보랏빛 비린내가
그녀의 몸 곳곳을
흥건하게 적신다

# 그림자를 빨다

엄마의 운동화를 빤다

퐁퐁을 몇 방울 떨어뜨린다
운동화 끈을 묶은 채로 거품 속에 담근다
꾹꾹 봉지를 눌러준다

어진 머리칼이 신발이 가지고 있던
누렇고 질긴 습기와
녹아 있는 시간을 쏟아낸다

마켓에 가고 백화점에 가고
요양병원에도 가던 엄마의 신발
곳곳의 분위기와 냄새까지 털어낸다

당현천 오가던 나비의 날갯짓과,
모래톳에 내려앉으려는 왜가리의 날개도
기억하는데
아무것도 기억나지 않는다고
우는 아이

팔순 넘은 엄마의 그림자를 빤다
그림자를 햇볕에서 뽀송뽀송하게 말린다

# 12시가 넘으면

지금 당신이 나를 본다

낮에는 내가 당신을 보고 있었는데
당신이 검은빛으로 온몸을 감추고 나를 본다
책을 보고 라디오를 듣고 머리를 갸우뚱거리는
나를 지켜본다

12시 이전의 당신은
손가락 숫자마다 생각이 다르다

방향이 다른 당신의 말들은
나무줄기처럼 갈증도 없이 뻗어 나가
성장 곡선을 키우는데
12시가 넘으면
초음파를 내는 박쥐처럼
당신의 귀가 커진다

하늘에 흐르는 구름을 보고
당신은 시청각의 개괄적인 질문을 주고

개별적이고 개인적인 답을 요구한다

나무는
나이테의 곡선을 그리기 위해
햇빛의 신호에 입술을 열고
나뭇잎이 난 쪽으로 더듬이를 뻗어 나간다는데
당신은 비를 피하지 않는 발목으로
나의 신호를 벗어난다

신호를 주고받는 것은 관심 혹은 무관심의 방법으로
감각을 주고받는 것이어서
시간이 깊을수록 당신은
동굴 속 박쥐처럼 반사음을 낸다

# 꽃이 된 반달

기다란 길과 반달이 그렇게 잘 어울리는 줄
예전에는 미처 몰랐다

파도 색 손잡이 달린 냄비에 물을 끓인다
기포처럼 물이 끓는다
매실장아찌를 라면사리에 붓고
초장을 넣어 비벼 먹는다

매실장아찌 모양이 반달 같다
나는 지금 반달을 먹고 있다
반달이 시큼하고 달콤하다
이빨로 꼭꼭 씹어 먹게 된다

잘게 쪼개지고 으깨어지면
품고 있는 생각이 모습을 드러낸다

오늘 밤, 내가 먹은 반달은
당신에게 닿고 싶은 울음
꽃의 몸으로 오는

밤하늘에 울음을 놓친다

서서히 말라가면서
그림자를 땅에 준 감정이
하늘에 닿는다

# 노인

허공을 향해 얼굴이 달려 있다
숭숭 바람이 들고 쭈글쭈글하다
비틀어진 상태로 도로변에 매달려 있다

꽃사과라는 이름만이 남아있다
꽃이라는 형태도 잃어버렸다

죽어있는 세상에서 목숨이 축복처럼 죽지 않고 남아
있다
  살이 빠지고 눈 코 입도 비뚤어지고
  죽은 뼈의 모서리만 끌어안고 있다

바스락거리는 나뭇잎 소리가 어제 일처럼 희미하다
때가 묻은 윗도리는 젖고 마르고 기억처럼 번들거린다

꽃사과의 명분도 치맛자락처럼 닳아서 너덜거린다
  향기에 이끌려 온 나비와 벌은 내가 웅크린 다리로 잠
잘 때
  꿈속에서 느끼고 볼 수 있다

나비를 만지려 나는 손을 뻗으려 한다

꿈에서 깨어난 나
허공에 매달려 있는 나를 감각한다
슬픔도 기억 너머에 산다

나는 허공을 붙들고 살고 있다

# 서천 꽃밭

길을 가다가 느닷없이 봅니다
나뭇가지에서 소리 없이 꽃잎이 사라짐같이 당신은 눈
앞에서 볼 수 없습니다

당신이 밥해 주고 한솥밥 먹던 그들은 이 봄이 얼마나
쓸쓸할지, 꽃잎 비에 젖는 것 차마 볼 수가 없습니다

이 별 너머로 사라진 당신은 초등학교 시절 무릎 위에
올라오는 하얀 무명치마에 꽃을 수놓은 치마를 만들어
입혀주기도 했습니다

알전구 끼워서 양말에 작은 수를 놓느라고 눈은 수도
없이 깜박거리기도 했습니다

집을 찾다가 골목의 목소리 따라 찾아갔을 때 반갑게
맞아 주던 미소도 이제는 가만히 눈을 감아야만 젖은 꽃
잎으로 피어납니다

피어나는 꽃잎은 몸을 벗어난 꽃밭을 물들입니다

# 노인과 바다*

생각의 나침반을 배 밑바닥까지 둔 헤밍웨이 속 노인
이나
지팡이 집고 북한산을 오르는 노인
코스모스가 핀 어느 가을날 돌아다 보면
나비를 쫓던 노인과
바다를 쫓던 노인은 한 점 한 점 흘러가는 유일한 빗방
울이고
하나밖에 없는 우주다

존재를 빛내기 위해
수많은 작살을 깊은 바닷속으로 던졌고
빛의 주름 속으로 던졌다.
작살을 던져 잡으려는 노인과 달아나려는 청새치는
삶에서 빚어지고 비껴가는 파도의 진폭
무관용으로 넘실대는 삶
너울성 파도로 밀려오고

빛의 습곡을 헤엄치는 나비는 또 다른 청새치의 다른 말
노인과 숨바꼭질해 온 나비는

아직도 더 날아야 할 이유가 있어
꽃잎을 맴돌며 날아간다


* 헤밍웨이, 『노인과 바다』

# 4부

슬픔을 불다

# 슬픔을 불다

익은 꽈리를 한 알 따서
탱자나무 가시로 웅크리고 있는 붉은 속살을 파낸다
파낸 속으로 눈을 디민다

그 속엔 흔적이 비친다
속을 말끔히 비워낸다
세월을 내려놓는다

윗니로 살짝 뒤집어 물고서 소리를 내어 분다

담장 가 그늘에 피어있던 흔적을 입에 물고
슬픔을 분다

어릴 적 뽕나무 그늘 아래
무리로 피어있던 꽈리 빗소리에 익어간다

# 달리, 구름

늦은 아침 10시
햇빛 비치는 거실 창 앞에 선다
유리창에 반사된 자주색은 채도가 높다
자주색 잠바를 입고 있는 당신
허리는 유리창에 흡입되어 버린다
그림자가 무릎 아래부터
발가락까지 거실 바닥에 비친다
발가락 5개가 나뭇가지처럼 붙어있다
발가락이 밖을 나선다
발톱을 씌우고 있다
구름처럼 흘러내리지 않고 있다
전장에 나가는 갑옷처럼 제 위치에 자리한다
엄지발가락에는 엄지발톱이
새끼발가락에는 새끼발톱이 자리한다
엄지발톱이 이탈하거나
새끼발톱을 엄지발톱이 뺏지 않는 한
발가락은 구름발가락을 닮을 것이다

모이고 흩어지고 감싸 돌며
구름은 시간의 등성이를 넘는다

# 레미콘

3초도 쉬지 않고 콘크리트가 된 제 몸을 뼈도 몸통도 돌려댄다

땅을 쳐서 계속 돌려야 하는 팽이처럼

세상에서 이기고 치댄 삶을 끈적하게 게워내고 있다

지구가 자전하는 것처럼

둥근 틀 속에서 하나의 우주를 돌리고 있다

물과 시멘트와 자갈과 모래와 유연제들이 삶의 질료가 되어 질척하게 돈다

땀과 수고와 갈등과 웃음과 미안함과 감사와 미끈거리는 고집이 콘크리트처럼 돈다

지구가 태어나기 전 태초의 온갖 별도 반짝인다

아직 태어나지 않은 지구인 내가 반짝인다

# 마치

지하철 유리창에 얼굴이 비친다
생각이 날카롭고 바람처럼 지나간다
계절 밖의 겨울처럼 낯설다
그림자는 손잡이 귀퉁이처럼 각지다

나뭇잎 사이로 언뜻언뜻 해체된 얼굴이 보인다
구름의 모습으로 오르락내리락 흘러 다닌다
얼굴 뒤에 가려진 귀는 부드러운 혀를 밀어낸다

마치, 낚싯줄에 끼인 밑밥을 먹은 겨울 송어처럼,
밥을 먹었다고 했는데 밥을 까지만 듣고,
먹었다를 귀로 먹어 버리고
혀를 파드득거린다

# 뫼비우스의 띠, 능소화

고요가 비에 젖어 있다
홀로 있을 수 없어
산모과나무에 푸른 허리를 감아올리고
뱀 대가리 같은 꽃들을 피워 올린다

하늘로 치솟는 그리움을 꺽꺽 삼킬 때
젖은 꽃잎의 모가지가 흔들거린다

시들어 보지도 못한 사랑이
끝내, 고요에 반기를 들고
모양 그대로 툭 떨어진다

한 잎 우주가 흔들린다

# 맥문동

감나무 그늘 아래
가는 허리를 곧추세우고 있다
눈 오고 바람 부는 시린 겨울에도 푸르게 견뎌온 맥문
동

어머니는 치매에 걸려 맥문동이라고 가르쳐 드려도
자꾸 매문동이라고 한다
받침 하나를 흘려버리고 주워 담지 못한다

더 이상 무겁지 않은 ㄱ
더 이상 어둡지 않은 그늘의 자음
지금은 잃어버린 어머니의 생

또 물어도 어머니는 자꾸 매문동이라 한다

# 별자리

유리문을 들어선다

나무가 잎을 벗듯이 옷을 벗자 앙상해진 팔다리가 드러난다
뿌옇게 김이 서린 문을 당기고 들어서면 알몸들끼리 감고 닦고 있다
이태리 수건에 비누 거품을 내어 목부터 팔다리를 지나 발가락까지 씻는다
탕 속에 들어가 바람이 들어 시큰시큰한 무릎을 담그고 들쑤신 마음도 가라앉힌다

손목을 잡고 한증탕으로 들어간다

목욕수건을 바닥에 깔고 앉아서 시시콜콜한 이야기를 듣는다
어제는 인터넷을 하느라 네 시가 넘어서 잠을 잤다는 아들 이야기
학교 갔다 와서는 토끼와 노는 시간이 많아서 속이 상한다는 공주 이야기

남편이 신경질이 늘어서 화가 난다는 이야기
딸아이가 머리염색이 노래서 신경 쓰인다는 이야기
모래시계를 뒤집어가면서 얼음물을 먹어가면서 듣는다

모래시계 안으로 들어간 이야기들이 별자리처럼 생각
의 꼬리를 키운다

얇아진 손등을 밀고 있는 엄마의 흰 등을 본다
얼굴에 올라 있는 나뭇가지 끝의 때를 밀고 있다
목울대에 걸려 있는 슬픔의 찌꺼기들을 타월로 한없이
닦는다
가슴과 배를 지나 다리를 지나 지워지지 않는 그늘을
문지르고 문지른다

쪼그라든 엄마의 젖가슴 사이로 시린 바람이 분다

# 복제되지 않는 아버지

당현천 나무의자에 노인 한 분 앉아 있다

모자를 쓴 채 앉아 있다

삐죽이 흰 머리칼 둥지를 틀고 있다

오목눈이 그늘 집에 시간의 뻐꾸기가 내려앉았다

풀잎 같은 이마에는

그늘을 건너온 주름이 길을 내고 있다

소실점 너머 떠나간 당신

구름의 무릎 사이로 시린 말이 흘러간다

# 귤에서 읽다

접시 위에 귤 하나, 가만히 손으로 가져간다

손톱과 손가락으로 살며시 눌러 흠집을 만든다

하나하나 차례로 돌려가며 껍질을 깐다

껍질 속에서 노란 꽃이 피어난다

꽃 속에는 슬픈 모습의 살의 길이 고스란히 드러난다

져버린 나

꽃문을 지나온 길을

귤에서 피는 나의 꽃방을 읽는다

# 사과

사과를 그린다

마름모 형태로 그린다

윗면은 크고 아랫면은 조금 작게 그린다

4B연필을 길게 잡고 모서리를 들어낸다

모서리가 보이지 않을 때까지 그림자를 들어낸다

사과를 쪼갠다

쪼개진 면을 나누고 또 나눈다

나눠진 간극은 쫓지 않는다

당신은 점점 더 내게서 멀어진다

마침내 사과가 된다

# 사루비아

꽃대가 긴 모가지를 하고 화단에 심어져 있다

발가락에 쥐가 나는 줄도 모른 채 긴 날들을

안으로 그리움을 삼키고 있다

저만치서 오는 당신의 길목을 달려나가 안고 싶지만

나는 묶여 있는 몸

한 발자국도 움직이지 못하고

학처럼 모가지를 빼고 서서

당신이 올 것 같은 그쪽 방향만 쳐다보며

붉은 울음을 운다

# 여름 동화

동네에서 중심위치에 자리 잡은 우리 집이
모내기를 하는 날이다

동네 사람, 친척들이 허리를 구부리고
한 포기씩 모를 심는다

못줄을 잡는 아버지, 손이 빨갛게 달궈진다
또, 내 눈에는 달팽이보다 큰 우렁이를 잡아주신다

모내기가 한참을 지나자
팥칼국수 동이를 든 아지매가 땀을 훔치며 오신다
한 손에는 막걸리 주전자를 들고 오신다

꿈에서라도 보고 싶은
어린 날의 하루,
논물이 내 눈에 가득하다

# 진눈깨비

무수한 나비 떼가 허공에 춤춘다
나풀거리는 춤사위에 하늘은 보이지 않는다
바람이 땅을 쓸듯이 빗자루 소리를 낸다
찢긴 날개 속에 맺혀 있는 물기들
우화되지 못한 애벌레의 눈물일까
질척이는 땅바닥에 붙어
날고 싶다고 떼를 쓰듯
신발 바닥에 달라붙는다
흰 나비 몇 마리는 나뭇가지 위에서
축축이 젖은 얼굴을 내보인다
내 육신도 녹아내리면
한 방울의 눈물로 남을 것인가
한바탕 씻김굿이 정신을 낚아챈다
멀리 땅끝에서 흰 나비 떼를 몰고 오는
바람이 나를 삼킨다

# 시간의 혀, 잃어버린 시간

지하철 유리창에 비친 몸이 낯설어 보인다
손잡이를 향해 내뻗은 손에 접힌 것은
해체된 얼굴 한 줌뿐

유리창의 희멀건 빛은 지금을 미끄러져 가고
움푹 들어간 눈과
새로 가르마를 낸 희끄무레한 머리카락,

새의 날개를 가리키는 시간의 나침반
밖에 있다

공간에 길들여진 소리 없는 숨소리와 반복의 몸짓
스크럼 짜듯
날숨의 등을 보이고 있다

언뜻언뜻 비추는 내가, 내가 되는 것은
블랙홀로 빨아들인 창밖의 풍경이 흘러가고 있기 때문
이다

잃어버린 새를 찾아
밖을 나선다

# 어린 골목길

추억은 언제나 골목길을 따라 돈다
골목길은 곡선으로 이어져 길을 이룬다

그 길에는 바람과 구름이 자유롭게 오가며 꽃들이 싱
그럽게 활짝 피고 지는
솥뚜껑 같은 하늘이 펼쳐져 있고 3시 방향으로 나왔다
5시 방향으로 해가 지고
채송화며 맨드라미도 담장 가에서 오가는 사람들에게
즐겁게 웃어주고,
작은 하늘 밑의 긴 공간을 이룬다
지나가고, 지나오는 사람들의 눈빛 속에서도 이야기를
읽어 낸다

대문들도 골목길 따라 곡선으로 구부러진다
벨을 누르면 정답게 맞아주는 벚나무 하나 대문 옆에
박혀있다

딱지치기하고 고무줄놀이하던 순희도 있고
손가락 굴리며 공기놀이하던 영희도 있는 곳,

가장 반갑게 웃어주던 곳
오랜만에 찾아간
내 발자국도 낯설어하지 않는 곳

아버지가 회사 가실 때 대문간에 나서서 다녀오세요 인사하고
보이지 않을 때까지 서 있던 곳
엄마가 마실 가서 시간을 꽃 피울 수 있었던 곳

벨을 누르자 벚나무가 그곳에 놀고 있었다

어린 골목을
벚꽃잎 사이로 6살 내가 아버지에게 빠빠이를 하고 있다

# 촛불

뿌리에서 눈물이 흘러내린다
울음이 까만 밤 속으로 내린다
밤이 자꾸자꾸 번진다

켜켜이 벗겨지는 양파처럼
제 안을 태운다

하얀 고름이 덕지덕지 묻는다
뜨거움이 뼛속까지 흘러 들어간다

방안에 맴도는 바람은 숨을 죽인다
하루살이의 울음처럼 그림자가 울고 있다

끝까지 남는 까만 심지는, 명주실 심지는
울음의 뿌리를 내린다

# 미리 가본 길

미리 가본 길이 아니어서 나무는 하늘로 길을 낸다
미리 가본 길이 아니어서 새들은 또 일렬로 날아간다
어떤 새 한 마리도 날아갈 길을 미리 날아갈 수는 없는
것이다
미리는 새도 나무도 가볼 수 없는 것이다

# 시간의 나침반과 공간에 길들여진 숨소리

강 영 은(시인)

언어의 역동성은 시인에게 자신의 존재를 획득하게 하고 세계를 추 창조하게 한다. 언어를 넘어서는 이러한 말 행위가 구체화 된 것이 시적 작품이라면, 이번에 첫 시집을 내는 노자은의 시집은 말에 집중하고 말에 봉사해온 노작勞作의 결과물로 의식을 주관하는 언어의 역동성을 다각적으로 탐색하는 데 가치를 도모한다.

"시적 경험은 말로 환원 불가능하지만, 그런데도 그것을 표현할 수 있는 것은 오직 말뿐"이라는 옥타비아 파스'의 말처럼 노자은이 시속에 풀어놓는 말(언어)은 '생물'로서, 삶의 비의를 드러내는 시적 경험을 유효하게 만드는 기저가 된다. 시속에 숨은 말이 표면화될 때 드러나는 것은 몸을 관통해 온 기억의 현재顯在일 것이다. 이 시집은 이러한 시적 행보에 첫 발걸음을 뗀 시인이 세계와 접목하여 만들어낸 시의 현주소라 할 수 있겠다.

시집의 전체 구성은 1부, 2부, 3부, 4부로 나뉘는데 특히 1부에서 언어에 대한 다각적인 접근성을 보여준다. 자연에 대한 이미지와 인생에 대해 시적 객체를 관찰하는 2부, 자신을 성찰하거나 병든 어머니를 간호하는 일상을 그려내는 3부, 추억을 돌아보는 4부에서도 언어에 대한 동일한 자율성을 보여준다.

시인은 자기 자신을 창조하는 자者이다. 언어를 통해 자신의 본 모습을 드러내며 말하는 대상을 재창조한다. 그러한 시작적詩作的 행위를 보여주는 시를 보자.

혀가 사라졌어요
밤이면 혀를 찾기 위해 사막을 걷고 또 걸어요
때로는 주문을 외우기도 해요

어디서부터 주문을 외워야 하는지
당신은 거울을 보고 연습을 해요
입을 크게 벌리고 갈급한 심정으로 애원하고 말해요
혀를 돌려 달라고

거울은 가시로 변해요
가시가 말하기 시작해요
주문을 더 외우라고, 아직도 멀었다고
가시 돋친 잎으로 말해요

당신은
천둥 번개 치는 밤에도 주문을 외워요,
이불을 뒤집어쓰고 주문을 온몸으로 말해요
마술을 풀어 달라고,

백조 한 마리 꽃 한 송이 입에 물고 와
당신에게 건네주지요,

거울아 이 세상에서 네가 제일 예뻐,
백조는 재빠르게 말하면서, 붉은 꽃잎
한 장 가슴 한편에 놓고 가요

당신이 서서히 말을 하기 시작하네요

당신은 생각과 마음의 이야기를 하게 되었어요
눈물도 얼굴 위로 또르르 흘러내렸고요
초록색 이파리도 더욱 잘 자라게 되었고요

—「마밀라리아」 전문

마밀라리아는 멕시코가 원산지인 선인장이다. 고원이
나 사막에서 자라기 때문에 추위에 강하며 빛을 좋아한
다고 한다. 선인장꽃에 '혀'를 이입한 화자의 시말들은
시작詩作의 과정을 적나라하게 드러낸다. "입을 크게 벌
리고 갈급한 심정으로 애원하고 말"하는 화자는 시인의
작업이 얼마나 고단한 일인지 감추려 하지 않는다. 첫

시집을 선보이는 시인에게 말을 다루는 일은 사막에 핀 꽃 한 송이에 가 닿는 일일지 모른다. 화자의 자화상인 거울에게 용기를 불어넣은 '백조'는 내면에 자리한 자의식이다. 긍정의 힘은 누구에게나 필요한 덕목이므로, 이 시 속에서도 예외 없이 미덕으로 발휘된다. 그 결과, "당신은 생각과 마음의 이야기를 하게 되었어요/ 눈물도 얼굴 위로 또르르 흘러내렸고요/ 초록색 이파리도 더욱 잘 자라게 되었고요"라고 화자는 고백하게 된다. 의미의 다원성을 지닌 시의 입장을 차치且置하고 보면, 메타적 기능을 지닌 이 시詩가 시집을 시집 전체를 견인하고 있다고 말해도 과언이 아닐 성싶다.

메타시의 징후는 여러 편의 시 속에서 확인되는데 그 양태는 다음과 같이 말을 생성하는 주요한 기관인 '혀'의 이미지로 나타난다.

> 혀는 습기를 다 뱉어내고 허물만 남는 뱀처럼/ 문장을 삼키거나 문장을 뱉어냅니다/ 그때마다 눈금을 키워가는 슬픔/ 맹그로브 나무처럼 또 다른 항해에 나섭니다
> ─「맹그로브 숲」부분

> 여기는 공포와 주검의 문장들이 가득한 푸른 초원/ 혀를 길게 늘어뜨린 채 비린 문장을 핥는다
> ─「어떤 문장」부분

젖은 입으로 새를 불러도 소리 나지 않는/ 당신, 한쪽 귀
퉁이만 남아/ 바람이 구멍 난 귀를 건드릴 때마다/ 가지
끝에 매달린 고요를 운행한다

– 「목어」 부분

이러한 혀 이미지는 "공포와 주검의 문장들이 가득한
푸른 초원"에서 "비린 문장을 핥"거나 "습기를 다 뱉어내
고 허물만 남는 뱀처럼" "문장을 삼키거나 문장을 뱉어"
내는 시인의 작업이 얼마나 고단한 일인지 감추려 하지
않는다. 그래서일까, 시인은 혀의 기능 중에서도 구음
작용에 집중한다. 일상적인 언어가 아닌, 시적 언어로
소통해야 하는 시인에겐 말을 생성하는 혀의 위상이 결
코 만만치 않게 느꼈을 법하다. 제목이 '혀'인 시를 보자.

자음의 모양과
모음의 모양은 같아도
내가 내는 소리와
네가 내는 소리는 다르다

입을 빌려서 공기를 박차고
말을 뿜어낸다

가슴이란 터에서 나고 자란
나무의 나이테가 나무의 나이를 일러 주듯이

자음과 모음은 서로 웃고 슬프다

화살나무의 마른 잎처럼
거친 소리를 내는 혀는
새의 입을 빌린다

깨진 유리의 입처럼
뾰족한 소리를 내는 혀는
고양이의 입을 빌렸다

구름처럼 과녁을 벗어난 혀는
구름의 형식을 꿈꾼다

내 혀는 물고기처럼
지느러미를 파드득거린다
미늘을 찾아서 혹은 벗어나서

　　　　　　　　　　　　　　　　－「혀」 전문


　말을 한다는 것은 사람만이 가능한 행위이다. 학습을
통한 행동이기 때문에 기호화된 사람의 말은 편지나 문
자 메시지처럼 현장을 떠난 곳에서도 이루어지며 심지
어는 생각 속에서도 이루어진다. "화살나무의 마른 잎처
럼" "깨진 유리의 입처럼" 시말의 발화 지점을 찾는 일은
시인의 생각 속에서 "구름의 형식"을 본뜨는 모호한 일
이지만 양자역학처럼 불확정한 관계인 '미늘'을 찾거나

벗어나는 일이라고, 화자는 말한다. 천칭天秤처럼 언어에
천착하는 시인의 고민을 엿보지 않을 수 없다. 이러한
고민 끝에 드러난 혀의 유용성은 말의 근육질처럼 이미
지의 변용을 허락하면서 다음과 같이 다채롭게 진화해
나간다.

　　너를 입기 위해/ 마음과 생각과 고민과 입장을 냉장 보
관 시킨다// 입장은 장미의 입술에/ 생각은 로댕의 조각상
에/ 고민은 별이 빛나는 밤에/ 마음은 뭉게구름 위에
　　　　　　　　　　　　　　　　　　　－「쉐도우」부분


　　거친 숨소리, 기타처럼 뼈를 들어내고/ 호수에 빠진 말
은/ 지금, 말 밖으로 나와야 한다.// 말은 생물이니까
　　　　　　　　　　　　　　　－「말을 생각하는 방식」부분


　　봉황은 말 속에 사는 새/ 한 번도 본 적 없는 봉황을 날
려 보내는/ 내 입술은 진흙을 머금은 새
　　　　　　　　　　　　　　　　　－「봉황새 놀이」부분


　　수런거린다/ 말들의 잔치가 시작되었다/ 지나가고 있
다/ 풍경이 발걸음을 늦추며 가고 있다-중략-겨우내 입
닫고 귀 닫고 눈 감고 수행하던 말들/ 서서히 혀를 열고 문
장들이 일어선다
　　　　　　　　　　　　　　　　　　　－「수국」부분

위의 예문에 근거해 말하자면, 노자은의 시는 자신으로부터 빠져나오는 동시에 원초적으로 돌아가게 만드는 "말들의 잔치"가 아닐까 싶다. "말들의 잔치"에서 벗어난 노자은의 시는 스스로의 내면으로 복귀하여 일상어의 이면을 보여주는 표현을 가능하게 하면서 존재의 본질에 다가가려는 양상을 보인다.

인간의 존재 그 자체가 '자아'와 '타아'의 공재共在. Mitsein라고 한 하이데거M. Heidegger의 말처럼 내면에 존재하는 타아의 시선을 통해 시적 주체의 시간과 공간을 찾아 떠난다. 이때, 타아는 타인의 '자아'를 말하는 것으로 이 '타아'인식의 방식은 감정이입感情移入, 이해理解, 혹은 유추類推를 통해 표면화된다. 시적 주체를 응시하는 성찰의 시편들은 감추어진 내면 의식을 드러낸다. 욕망이 던지는 아픔을 감내하는 타아의 시선으로 시간과 공간을 재조립한 두 편의 시를 보자.

　　새들도 어제를 찾으러 날아갈까
　　나는 모른다

　　새들은 내게 답한다
　　달력을 보라고

　　고속버스를 타고 와 답을 확인한다
　　죽어있는 어제를

나는 달력 앞에서 바다로 달려간다
어제를 찾으러

그러나
바다에서도 찾을 수 없다

어제는 하늘에 박제되어 있다

나는 얼마의 시간이 흐르고 다가오면
우주에 켜켜이 쌓이는 별을 찾겠다고

망원경을 밤하늘에 드리우는 과학자를
닮고 있는 것 같다
　　　　　　　　　－「새들도 어제를 찾으러 날아갈까」 전문

　위의 시에는 이미 없는 과거인 어제를 찾기 위해 달력
을 보고 바다로 달려가는 화자의 모습이 그려져 있다.
부사적 표현으로 바로 하루 전 바다로 달려갔다는 표현
일 수도 있고 지나간 한때(바다로 달려갔던)를 그리워하는
명사적 입장일 수도 있다. "어제는 하늘에 박제되어 있
다"라는 화자의 단언을 보면, 다시 돌아올 수 없는 시간
의 고착화를 이야기하는 것이기도 하다. 어제의 삶이 슬
펐는지, 기뻤는지, 상황에 관한 이야기는 없다. 다만 어
제를 그리워하는 화자의 입장을 "망원경을 밤하늘에 드

리우는 과학자를 닮고 있는 것 같다"라고 기술하고 있을 뿐이다.

이 시에서 주목되는 것은 '고속버스와 새', '바다와 하늘'로 대척되는 표현이다. '고속버스와 새'는 어제라는 공간으로 시간을 이동시키는 매체이고 '바다와 하늘'은 어제라는 시간을 보여주는 공간이다. '바다'는 역동적인 장소를, '하늘'은 부동적인 장소를 칭하는 말이며, '고속버스'는 문명의 이기利器를, '새'는 자연의 이기彝器를 뜻하는 것이라 할 수 있다. "우주에 켜켜이 쌓이는 별"은 미래를 표상한다고 하겠다.

인간과 세계의 접점으로 표시되는 현재, 과거, 미래의 세 가지 양태를 관철하는 것을 시간이라고 정의한다면, 과거, 즉 어제는 이미 없는 것이며, 내일은 아직 오지 않은 것이다. 이 시의 주된 내용은 어제, 즉 이미 없는 것을 찾아 떠나는 일에서 출발한다. 미래로 표상되는 우주를 향하여 문명과 자연은 끊임없이 움직인다는 내용으로 전개된다. 우주를 바라보는 화자의 존재는 "망원경을 밤하늘에 드리우는 과학자"와 닮음으로써, 시간의 영원성을 희구하는 타아, 즉 '내 안의 타인'을 발견하는 아름다운 결론에 이른다.

어긋난 시간과 시적 주체의 합일을 바라는 시선은 "모래언덕을 걸어 넘어가는/ 풀잎도/ 우리도/ 바람에 길 가는 것은/ 매한가지다"(「흔들리며 떨며」 부분)에서 보듯, 태어나서 죽기에 이르는 동안 누구라도 흔들리며 떨며 나아가는 것이 삶이라는 걸, 규명하는 데 일조한다. 이는 시인의 시선에 내재해온 긍정적인 감각의 발로이지만 존재의 원형에 간섭하는 공간의 의미를 한 바탕 가면 놀이를 벌이는 다음 시에서 발견해 본다.

> 죽음은 만장기를 앞세우고 걸어 나온다 봉산에서 한바탕 축제를 벌였던 용과 호랑이 뱀들도 뒤따라와 가면놀이를 한다 도깨비 가면을 쓰고 도깨비방망이를 흔들어 대며 집 안을 구석구석 돌며 호령을 한다 그 소리에 놀란 사람들은 허리를 납작 엎드려 손을 싹싹 빈다 집안을 휘젓고 돌아다 니느라 시간 가는 줄 모르는 도깨비는 신이 나서 다리를 들고 한바탕 어깨를 들고 춤사위를 벌인다 시간이 엇박자 로 쿵쿵 북소리 낸다 문지방도 마음도 엇박자 장단에 덩실 덩실 어깨춤을 춘다 초대받은 사람도 도깨비 형상을 하고 밤이면 정원을 걷는다 갇힌 시간 속에 함께 발목이 잡힌다 어둠을 조각하는 그림자가 거무스름한 삶을 낳는다 삶을 놓지 못한 죽음은 우리 곁에 머물다가 집 모퉁이 담 벼랑 에 국화꽃으로 피어난다 북악산 자락에 죽음과 삶이 공존 하는 쉼박물관이 있다
>
> ―「쉼박물관」 전문

'쉼박물관'은 망자를 운반하는 상여, 혼백을 운반하는 요여, 의인화시킨 목각 조형물(꼭두서니)들과 영혼을 보 호하고자 제작된 용수판, 도깨비 형상의 장식물 등, 전 시된 자료들을 통해 조상들의 전통적인 상례 문화를 소

개하고 삶과 죽음에 대한 철학과 해학을 보여주는 공간이다.

시 속의 표현을 빌자면, 용, 호랑이, 뱀 같은 생명체들이 도깨비 가면을 쓰고 노는 공간이자 "초대받은 사람들"이 "도깨비 형상"으로 "어둠을 조각"하다가 "거무스름한 삶"을 낳는 공간이다. 인간의 존재 그 자체가 '자아'와 '타아'의 공재이듯, 이 공간은 "갇힌 시간 속에 함께 발목이 잡힌" 사람들이 살아가는 곳으로, "죽음과 삶이 공존하는" 몸이며 쉼박물관으로 표상되는 세상이기도 하다. 죽음에 감정이입을 한 삶의 공간이 쉼박물관이라면, 삶을 이해한 죽음의 공간 또한 쉼박물관이라는 것을 깨닫는 순간, '쉼'이라는 화두가 국화꽃을 피우는 것은 아마도 내가 당신이고 당신이 나라는 타아의 방식일지 모른다.

이미 없는 것과 아직 없는 것의 접점에 출몰하는 이러한 시간성과 공간성은 시 「낮달이 떠 있는 방식」에 궁극窮極으로 수렴된다. 현실과 비현실을 중층적이고 복합적으로 그리고 있는 다음 시를 보자.

4시 15분 하늘에
낮달이 시계처럼 떠 있다
파란 면에 둥그렇게 걸려있다
동그란 고리에 제 몸을 걸어 놓았다
허공의 벽면을 더듬어 본다

손끝을 따라간 벽면에는
손에 잡히는 것이 없다
나를 건너간 울음의 모래알만
흔적 없이 박혀있다
진달래 꽃잎이 하롱거린다
손가락 사이로 빠져나간
꽃잎이 희미하다
계절을 지고 가는
나비의 등이 포물선을 이루고 있다
걸음걸음 빠져나가는
시간의 물줄기만 있다
망막의 빛을 통과한
집게손가락 사이로
시침의 느긋함과 분침의 경쾌함
초침의 숨넘어감이 없다
분침도 시침도 없다
비어 있다
시침도 관계없고
분침도 관계없다
초침은 더더욱 관계없다
비어 있다
비어 있으니 마음만 간다
낮달은
땅을 뒤집어 모자처럼 쓰고 있다
땅을 뒤집어 놓았으니
벽이 없다

진달래 꽃잎이 하롱거린다
꿈에서 빠져나왔으니
벽이 없다
파란 하늘과의 관계만 있다
　　　　　　　　　－「낮달이 떠 있는 방식」 전문

　시의 내용은 통상적인 상식과 경험으로는 설명할 수 없는 무의식의 위력을 보인다. "의식 세계와 무의식의 세계, 내적 세계와 외적 세계 사이의 육체적 장벽을 동시에 제거하고, 현실과 비현실 및 영상과 행위를 서로 합하여 혼합되어 전 생명을 지배하는 초현실성을 창조하는 것"이라고 주장한 달리처럼 화자는 "진달래 꽃잎이 하롱거리는" 꿈속의 세계, "시간의 물줄기만 있는" 무의식의 세계를 끌어들이는 초현실성을 보여준다. 이는 억압된 현실 속에서 본성에 대한 무의식의 세계를 끌어내어 현실과 비현실을 해체함으로써 모든 가능성을 향하여 인식의 지평을 열어놓고 자기성찰의 계기를 찾고자 하는 의도로 보인다.

　이처럼 만만치 않은 필력을 보여주는 노자은의 이번 시집은 시인이 된 지 10년 만에 내는 첫 시집이다. 시인과 처음 만난 10여 년 전, 언어를 자유자재로 사용하는 모습을 보고 상당히 기대가 컸던 것을 기억한다. 오랫동안 소식이 뜸하던 차에 올봄, 시집해설을 부탁한다는 전화를 받았다. 좋은 시인을 보지 못해 아쉬웠던 차에 보내온 시편들을 펼쳐보니 아름다운 시적 삶을 영위했음을 인정하지 않을 수 없었다. 다음의 시들이 사실을 증명해준다.

소변을 뉘고/ 탕에 들어가게 한다/ 넘어지면 안 되게 한/ 자세로/ 부끄러운 데를 씻게 한다/ 엉덩이 주위를 비누 묻은/ 장갑으로 씻긴다/ 머리를 감긴다/ 모시 잎 같은/ 입을 헹구게 한다// 잎을 떨군 / 가을 나무에/ 비판덴을 바르고/ 메디프렌즈를 입힌다

— 「구름 목욕」 전문

나이가 많은 엄마에게 구름의 건축술을 가르친다/ 스케치북에다가 가로세로 줄을 치고/ 첫 줄에 가을, 밤, 귤, 대추를 써 주고/ 그 아랫줄 모두에는 / 그 윗줄에 있는 글을 따라서 쓰게 한다

— 「구름의 건축술」 부분

노자은에게 있어 시보다 더 귀중한 것은 어머니였다. 시단에서 보지 못한 10년 동안 삼시 세끼 수발을 비롯하여 온갖 정성을 다하여 어머니를 보살피고 있었던 거였다. 이제 어머니는 이 세상에 계시지 않다. "마켓에 가고 백화점에 가고/ 요양병원에도 가던 엄마의 신발/ 곳곳의 분위기와 냄새까지 털어낸다"(「그림자를 빨다」 부분)에서 보듯, 어머니와 함께 보냈던 시간만이 시의 자식으로 남아 시집의 마지막을 장식한다. "오늘 밤, 내가 먹은 반달

은/ 당신에게 닿고 싶은 울음/ 꽃의 몸으로 오는/ 밤하늘에 울음을 놓친다"(「꽃이 된 반달」 부분) 애틋함과 슬픔이, 아픔과 고통이 구름의 건축술처럼 가슴으로 흘러드는 그 시편들은 해설이 따로 필요치 않다.

　　지하철 유리창에 비친 몸이 낯설어 보인다/ 손잡이를 향해 내뻗은 손에 접힌 것은 해체된 얼굴 한 줌뿐/ 유리창의 희멀건 빛은 지금을 미끄러져 가고/ 움푹 들어간 눈과/ 새로 가르마를 낸 희끄레무레한 머리카락, 새의 날개를 가리키는 시간의 나침반/ 밖에 있다/ 공간에 길들여진 소리 없는 숨소리와 반복의 몸짓/ 스크럼 짜듯/ 날숨의 등을 보이고 있다/ 언뜻언뜻 비추는 내가, 내가 되는 것은/ 블랙홀로 빨아들인 창밖의 풍경이 흘러가고 있기 때문이다/ 잃어버린 새를 찾아 / 밖을 나선다"

　　　　　　　　　　　　　　　 –「시간의 혀, 잃어버린 시간」 전문

　이제 시인은 그 아픔을 딛고 다시 노래하려는 것으로 보인다. "지하철 유리창에 비친 몸이 낯설어 보"이고 "내뻗은 손에 접힌 것은 해체된 얼굴 한 줌뿐"이지만, "언뜻언뜻 비추는 내가, 내가 되는 것은 블랙홀로 빨아들인 창밖의 풍경이 흘러가고 있기 때문"이며 "잃어버린 새를 찾아 밖을 나"서는 시인의 행적이 말에 집중하고 말에 봉사해온 언어의 역동성을 되찾을 요량이기 때문이다.
　"새의 날개를 가리키는 시간의 나침반"과 "공간에 길

들여진 소리 없는 숨소리와 반복의 몸"으로 새길을 내온 이 시집이 단단한 초석이 되어 시인의 행보를 변함없이 받쳐들 뿐 아니라 많은 이들에게 사랑받기를 염원해 본다.

> 미리 가본 길이 아니어서 나무는 하늘로 길을 낸다/ 미리 가본 길이 아니어서 새들은 또 일렬로 날아간다/ 어떤 새 한 마리도 날아갈 길을 미리 날아갈 수는 없는 것이다/ 미리는 새도 나무도 가볼 수 없는 것이다
>
> −「미리 가본 길」전문

시집을 읽는 분들에게는 "미리 가본 길"처럼 다정한 위로가 되기를 빌어 마지않는다.

# 황금알 시인선